Patrick y Paloma

Lee Aucoin, *Directora creativa*
Jamey Acosta, *Editora principal*
Heidi Fiedler, *Editora*
Producido y diseñado por
Denise Ryan & Associates
Ilustraciones © John Nez
Traducido por Santiago Ochoa
Rachelle Cracchiolo, *Editora comercial*

Teacher Created Materials

5301 Oceanus Drive
Huntington Beach, CA 92649-1030
http://www.tcmpub.com
ISBN: 978-1-4807-4037-2
© 2015 Teacher Created Materials

Escrito por Michael McMahon
Ilustrado por John Nez

Patrick se acomodó en su silla favorita del porche. Cerró los ojos. "¡Ah! Esto es vida", se dijo.

A Patrick le gustaba su vida agradable.
Le gustaban su silla y su suave cojín. Le
gustaba que le sirvieran la comida todos los
días a la misma hora. Le gustaba tomar su
taza de leche tibia todas las mañanas.

Un día, su ama Paz le dio un collar nuevo
y rojo. Se veía llamativo en su pelaje negro y
brillante.

—Qué guapo me veo —maulló Patrick.

Luego se preguntó por qué le habrían dado
un collar nuevo. No era su cumpleaños. No era
el cumpleaños de Paz. ¿Qué estaba pasando?

Luego, por el rabillo del ojo, vio una bola pequeña de pelusa negra. ¿Qué era? ¡Oh, no! ¡Un gatito!

—Patrick, ven y conoce a tu nueva amiga. Se llama Paloma —dijo Paz.

11

Patrick no estaba contento. No necesitaba una
amiga. No necesitaba a una gatita boba y peluda
que corriera molestando a todo el
mundo. Y Paloma era *muy* fastidiosa.

13

Se subía a la silla favorita de Patrick cuando él no estaba mirando. Se tomaba su leche antes de que él se despertara. ¡Incluso le servían la cena antes que a él!

Patrick no sabía qué hacer.

—¡Mírenla, corriendo simplemente porque le dieron la leche antes que a mí! Y se ve muy boba con ese collar rosado —gruñó. Buscó un lugar para acurrucarse y esconderse.

Cuando Paloma fue al jardín, Patrick pensó:
"¡Ah! Es mucho mejor cuando ella no está
aquí. Ahora puedo pensar en lo que voy a hacer.
¡Las cosas no pueden seguir así!". Entonces, se
acomodó en su cojín y se puso a pensar.

"¿Qué tal si le maúllo fuerte?", pensó. Pero ya había hecho eso. Ella ni siquiera se dio cuenta.

"Tal vez pueda exigir que me den la comida al mediodía". Entonces, recordó que a Paloma siempre le daban la comida al mediodía.

—¡Oh! La vida se ha vuelto tan difícil —suspiró.

Un día, Paloma empezó a arañar
la silla de Patrick.

—Miau, miau, miau —maulló con mucha
suavidad mientras se subía al cojín.

—¡Vete, Paloma! —gruñó Patrick y se dio
vuelta. Pero Paloma se acurrucó a su lado
para dormirse.

—Rrr, rrr, rrr —dijo.

—Mmm... tal vez no sea tan mala como
pensé —dijo Patrick mientras intentaba
sonreír—. Creo que más bien es una gatita
pequeña y agradable. Rrr, rrr, rrr.